INFANTIL
ALFAGUARA

TRES EN UN ARBOL

por James Marshall

ALFAGUARA

Título original:
Three up a tree
Traducción de Ana Bermejo Baró

La maqueta de la colección y el diseño de la cubierta
estuvieron a cargo de Enric Satué ®

Primera edición: marzo 1989
Cuarta reimpresión: abril 1995

Elfo, 32. 28027 Madrid
Teléfono 322 45 00

• Aguilar, Altea, Taurus, Alfaguara, S. A. de Ediciones
Beazley 3860. 1437 Buenos Aires

• Aguilar, Altea, Taurus, Alfaguara, S. A. de C. V.
Avda. Universidad, 767. Col. Del Valle,
México, D.F. C.P. 03100

Una editorial del grupo **Santillana** que edita en:
España • Argentina • Colombia • Chile • México
EE.UU • Perú • Portugal • Puerto Rico • Venezuela

I.S.B.N.: 84-204-4637-8
Depósito legal: M. 11.506-1995

Impreso en España por:
UNIGRAF, S. A.
Móstoles (Madrid)

Para Toby Sherry

PROHIBIDO EL PASO
!!!

Mira —dijo Spider—. Es fenomenal.

Unos niños mayores

que vivían en la misma calle

habían construido una bonita casa

encima de un árbol.

—¿Nos dejáis subir? —preguntó Sam.

—No —respondieron los niños mayores.

—Bueno —dijo Spider.

—No importa —dijo Sam—. Nos haremos

nuestra propia casa en otro árbol.

—Vamos a pedirle a Lolly

que nos ayude —dijo Spider.

Pero Lolly no quiso ayudarles.

—Estoy ocupada —les dijo.

—¿A *eso* llamas estar ocupada?

—preguntó Spider.

—Vámonos —dijo Sam.

En un periquete Spider y Sam

se pusieron a trabajar.

Mientras tanto Lolly

se echó un sueñecito.

Cuando Lolly se despertó,

la casa del árbol estaba terminada.

—¡Qué bonita! —dijo Lolly—.

Voy a subir ahora mismo.

—Ni hablar —dijo Sam—.

Tú no nos has ayudado.

—*Por favor* —rogó Lolly.

—No —contestó Spider.

—Me sé unos cuentos preciosos

—dijo Lolly.

—¿Cuentos? —dijo Sam—.

A mí me gustan mucho los cuentos.

PROHIBIDO EL

En un abrir y cerrar de ojos

Lolly se subió al árbol.

—Ahora cuéntanos un cuento

—pidió Sam.

—Y que sea bonito —dijo Spider.

—Sentaos y escuchad —dijo Lolly.

El cuento de Lolly

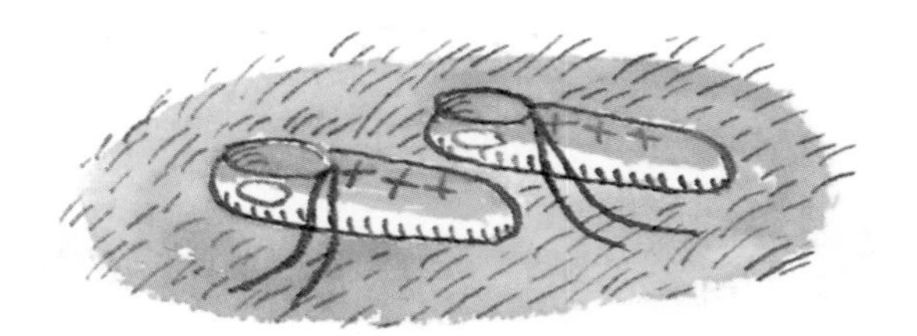

Una noche de verano

una muñeca y una gallina

salieron a pasear.

Y se perdieron.

—Oh, no —dijo la muñeca.

En ese preciso momento

vieron a un monstruo en la esquina.

—Oh, no —dijo la muñeca.

—Vámonos corriendo

—gritó la gallina.

Y echaron a correr

a toda velocidad.

—¡Que nos alcanza!

—gritó la gallina.

—Oh, no —dijo la muñeca.

—¡Rápido! —gritó la gallina—.

Nos subiremos a ese árbol.

Y treparon al árbol.

Pero también los monstruos

trepan a los árboles.

—¡Nos atrapó! —gritó la gallina.

—¡Oh, no! —chilló la muñeca.

El monstruo abrió la boca.

—¿Queréis atarme los cordones

de mis zapatos nuevos? —les rogó.

—¡Oh, sí! —respondió la muñeca.

—¡Vaya birria de cuento!

—exclamó Spider—.

¡Y qué final tan tonto!

—Pues cuenta tú uno mejor

—dijo Lolly.

—Escuchad —dijo Spider.

El cuento de Spider

Una gallina se equivocó de autobús.

Y fue a parar

a un barrio peligroso de la ciudad,

el barrio donde viven los zorros.

—¡Huy! —exclamó la gallina.

Se tapó la cara con el sombrero

y se sentó a esperar al siguiente autobús.

Pero en seguida —ya os lo imagináis—

apareció un zorro hambriento

y se sentó a su lado.

No veía muy bien.

Pero tenía un olfato

excelente.

—Huelo que has comprado pollo

para la cena —dijo.

—Pues… —dijo la gallina—.

Sí, vengo del mercado.

—Me *encanta* el pollo

—dijo el zorro—.

¿Cómo lo vas a cocinar?

La gallina comprendió
que tenía que ser lista.
No quería que el zorro
se invitara a cenar.
—Yo siempre lo pongo
—contestó la gallina—
con leche cortada, vinagre
y huevos podridos.
—Delicioso
—dijo el zorro—.
¿Me invitas a cenar?

—Bueno —respondió la gallina—.
Pero contigo seremos diez.
Esto era demasiado
para el zorro.
Le quitó a la gallina
la bolsa de la compra
y echó a correr.
—¡Todo para mí!
—gritó el zorro—.
¡Todo para mí!

La pobre gallina de un vuelo

se subió a un árbol

para esperar al autobús.

(Lo que debía haber hecho

desde un principio.)

Cuando el zorro llegó a su casa

miró dentro de la bolsa.

Pero dentro no había ningún pollo.

Sólo la comida preferida de la gallina.

¿Adivináis lo que había dentro?

—¡Gusanos! —gritó Lolly—. ¡Gusanos!

No ha estado mal el cuento.

—Nada mal —dijo Sam—.

Pero ahora me toca a mí.

El cuento de Sam

Un monstruo se despertó

hambriento.

—Me apetece un helado —dijo—.

Un helado grandísimo.

Y salió a comprarlo.

Pero se perdió.

—Vaya —dijo—.

Pediré ayuda a alguien.

En ese momento se acercaba

a la esquina un zorro.

—Perdone —dijo el monstruo.

—¡Socorro! —gritó el zorro—.

Tengo que largarme de aquí.

Y se largó a todo correr.

—¡Qué antipático! —dijo el monstruo.

El monstruo se puso el sombrero,

la bufanda y las gafas del zorro.

Entonces se encontró

con una muñeca y una gallina.

—¡Je, je! —se rió la gallina.

—¿Podéis decirme dónde puedo comprar un helado? —les preguntó el monstruo.

—Pero tendrás que llevarnos en tu carrito —respondió la gallina.

Y se montaron en el carrito.

—¡Alto! —dijo la gallina—.

Aquí venden helados.

—¿De verdad? —preguntó el monstruo.

—Espera aquí —le dijo la gallina—.

En seguida volvemos.

Volvieron en un instante.

—¡Date prisa! —le dijo la gallina—.

Si no quieres que se te derrita

el helado.

—Iré corriendo —dijo el monstruo.

—¡Más deprisa! —gritó la gallina.

El monstruo corrió

lo más rápido que pudo.

Pronto llegaron a un gran árbol.

—Esta es nuestra casa —dijo la muñeca.

Los tres subieron al árbol.
La muñeca y la gallina
abrieron las bolsas.
Pero dentro de las bolsas
no había ningún helado.
Sólo había dinero.
—¡Oh! —dijo el monstruo—.
Sois ladronas de bancos.

El monstruo se quitó el sombrero,

la bufanda y las gafas.

La muñeca y la gallina

se llevaron un susto de muerte.

—¡Socorro, socorro! —gritaron—.

Huyamos de aquí.

Y huyeron lo más rápidamente

que pudieron.

El monstruo devolvió

el dinero al banco.

Y como recompensa le dieron

helados de todas las clases.

¡Montañas de helados!

—Mi cuento ha sido más bonito —dijo Lolly.

—El más bonito ha sido el mío —dijo Spider.

—No, el mío —dijo Sam.

—Vamos a contarlos otra vez.

Y así lo hicieron.